JN071078

黒田杏子

俳句コレクション1

螢

髙田正子 編著

コールサック社

目次

Ⅰ　青螢……5
Ⅱ　螢ふぶき……19
Ⅲ　螢火無盡蔵……33
Ⅳ　螢散華……51
Ⅴ　螢自在……87
Ⅵ　ほたる火の記憶……101

参考文献……134
編著者あとがき……136
黒田杏子略歴……138
高田正子略歴……140

黒田杏子俳句コレクション1

螢

髙田正子 編著

黒田杏子は旧字体で「螢」と書いた。
火、火と連ねながら
まなうらに螢火をともしていたかもしれない。

Ⅰ　青螢

四句

羽の国や蚊帳に放ちし青螢

『木の椅子』

きのふよりあしたが恋し青螢

『木の椅子』

手の中に水のにほひの青螢

『水の扉』

あをあをと螢の谷戸を過ぎにけり

『水の扉』

黒田杏子は昭和十三（一九三八）年、東京・本郷に齊藤光、節夫妻の第三子として誕生した。のちに弟妹が生まれ、五人兄弟姉妹のちょうど真ん中となる。昭和十九（一九四四）年十月、六歳のとき、母と三歳の妹、生後六か月の弟とともに栃木・黒羽へ疎開した。黒羽が選ばれたのは、その町の古刹・常念寺に小学校三年の兄が学童集団疎開をしていたからである。

東京への空襲が激しくなり、父と姉も引きあげてきて、南那須村上川井（現・那須烏山市）の父の生家へ移ることになった。

この引越しのときのエピソードが面白いのでご紹介しよう。

昭和二十（一九四五）年三月も半ば、馬車の荷台に積み上げた家財道具と一緒に、杏子と兄は麻縄でしっかりと固定され、いくつもの集落をゆっくりと越えて行った。ある村で、道で遊んでいた子どもたちが荷の上の子ども二人に気づき、ばらばらと駆け寄るとしばらく一緒についてきた。村の火の見やぐらのところまで来ると、リーダーの少年が「さいならー」と叫び仲間を引き連れて帰っていった——というものである。

これは誰にも身に覚えのある子どもの行動であろうが、『おくのほそ道』の那須野のくだりを思わせられる。〈かさねとは八重撫子の名なるべし〉と曾良に詠まれた幼い女の子が登場するシーンである。『おくのほそ道』では馬を借りた芭蕉と曾良を子どもが二人、追ってきたのだった。疎開した黒羽、南那須は芭蕉ゆかりの土地でもあった。杏子の中には意識するとしないとにかかわらず、芭蕉が、『おくのほそ道』が重要な位置を占めている。

話を戻そう。父の生家は茅葺屋根の大きな農家で、母屋のうしろは屋敷林になっていた。屋敷林とは地方特有の強風から家屋を守るために、敷地内に形成された樹木群のことである。板の間には大きな囲炉裏が切ってあり、自在鉤にはいつも鉄瓶か鉄鍋が懸かっていたそうだから、薪や榾など燃料の調達にも役立っただろう。広い庭には畑も蔵もあり、端を小川が流れていた。この小川が、螢の棲む川であった。

杏子は翌年の四月に小学校へ入学し、卒業までの六年間を父の生家に過ごすのであるが、この自然豊かな南那須村での暮らしが季語の原体験となった。杏子はそれを「季語の記憶」と呼んでいる。

第Ⅵ章に「ほたる火の記憶」五十句（二〇二一年作）を収めているが、そこへ到る助走のような句群がある。公式には発表されていない、いわば「句帳の螢」である。それらを覗き見ながら、杏子の螢の句を読み解いていこう。

杏子の小学生時代と一致する南那須村時代の体験が、句帳には例えばこのようにある。

茅ぶきの屋根の雨夜の青螢

卓袱台《ちゃぶだい》に兄弟姉妹螢籠
卓袱台の灯を消せば舞ふ青螢
麦わらの父編みくれし螢籠

茅葺屋根の大きな農家の奥の座敷を間借りして、両親と五人の兄弟姉妹が暮らしていた。農家には広い庭があって、端を川が流れていた。梅雨のころになると、その川は螢を次々に生む。内と外とが一続きのような昔の家屋のこと、一家が食卓を囲む一間にも螢が流れ入ってくるのであった。食卓はポータブルな卓袱台である。灯を消せば、螢が点滅しながら触れんばかりに舞い飛ぶ。捕えると、父が麦わらで編んでくれた籠に入れるのが常であった。螢籠は父に倣い、自分でも作るようになった。大人になってからもお茶の子さいさいで編みあげることができたという。

杏子は疎開して初めて螢に出逢った。東京・本郷時代にも、見たことくらいはあったかもしれないが、それはあまり重要な問題ではない。南那須村の日々の暮らしの中で、初めて息をするように螢体験を重ねたのである。ところで螢の光の色を問われたら、何色と答えるだろうか。「黄」もしくは「白金」という回答が多いのではなかろうか。

杏子は「青」という。もっとも日本語の「あお（あを）」は領域が広い。例えば信号の緑を青信号と呼ぶように。白、黒、赤以外の色の総称として用いられていたという説もある。地方によっては「黄」をも指したというから、実に範囲の広い色である。

ただ、杏子が「青螢」と呼ぶとき、その眼の奥には青田が広がっていると思う。植田が青田になるころ、田のみならず、草も木も青々と茂って視界を満たす。そうした命の青が生む光、それが青螢なのではなかろうか。

きのふよりあしたが恋し青螢　　『木の椅子』

過去より未来が長く、思い描くだけで楽しい。第一句集『木の椅子』に収められたこの句が、青の生命力をもっとも伝える一句であろう。

杏子が中学一年になった年、父が塩谷郡喜連川町《きつれがわまち》（現・さくら市）に医院を開業した。喜連川もまた水のきれいな町で、噴井《ふけい》のある家が何軒もあった。田や川、堀には螢が生息していた。この時代を詠んだ句が「句帳」にはこうある。

食卓に一家七人螢籠
卓袱台に蛇腹麦わら螢籠
ほたる見てきてゆつくりと晩ごはん

青田より吹かれてきたる青螢

間借りではなく、一家を構えた七人である。自分の厨を得た母は料理の腕を存分に発揮し、子どもたちも大きくなって、暮らしはおのずと「ゆっくりと」した雰囲気を伴うようになってきただろう。卓袱台には変わらず手作りの螢籠が置かれ、螢は庭の川からではなく、「青田」から吹かれてくるのであった。

杏子の初期の螢は「青螢」である。疎開してから大学進学のために上京するまでの、栃木での十二年間に培われた「記憶」が生んだ、杏子だけの季語である。

Ⅱ

螢ふぶき

五句

螢とぶたちまちくらき袖袂

『一木一草』

一の橋二の橋ほたるふぶきけり

『一木一草』

ゆつくりとほたるたちまちふぶきけり

『一木一草』

前佐渡の星に触れたるほたるかな

『一木一草』

人影もよし方丈に螢籠

『一木一草』

杏子は東京女子大学を卒業した後、大手の広告代理店・博報堂に就職した。そして同時に俳句をやめた。仕事は面白く忙しくもあったが、そうした理由からではなく、ほかに自身に適った表現があるのではないかという思いが拭い切れなかったのである。窯元を訪ねたり、劇団「民藝」の文芸部門の試験を受けたり、俳句の世界以外に自身を試し続けた二十代であった。毎日必ず読む新聞も、歌壇俳壇欄が目に入らないよう細心の注意を払ったとか。やめたものの俳句は意識から消せない存在であり続けていたのだろう。そしてついに、一生をかけて取り組む表現形式はやはり俳句であると思い定め、二十七歳のとき、杏子は大学時代の恩師・山口青邨に再入門を願い出た。「いいでしょう。学びすぎて死んだ人はいません。大いに学んでください」と青邨は答えた。

杏子は、栃木での暮らしにより膨大な季語の記憶を蓄えた。だが大いに学ぶとは、それに頼り続けることではない。次なる出逢いを旺盛に求め続ける杏子の俳句修行が、こうして再開されたのである。

螢が「ふぶく」というのは、寂聴先生と清滝へ行った夜に初めて抱いた感慨です。私だけの表現だと思っています。

ある日、句会の席で杏子がこう語るのを耳にした。「青螢」を記憶が生んだ季語とするならば、「螢ふぶき」は新たな体験が生んだ季語である。その「夜」のことを記したエッセイは何編もあるが、一つ紹介しよう。時は昭和六十（一九八五）年へさかのぼる。

上手の暗い橋の方から光のかたまりのようなものがぐんぐん押し寄せ

てくる。とみる間もなく、その光のかたまりは帯のように、ふぶきのようにあふれつつ、私たちの立っている橋の下をくぐりぬけ、さらに下手の川音の闇の瀬の彼方へと移動してゆく。（略）振り返ると、寂聴先生は墨染の衣の袂《たもと》に螢をひとつふたつと放っておられる。袖口を広げて立っておられると、信じられないはやさで袂に流れ込む螢火もみえた。羅《うすもの》の黒と内に重ねた衣の純白。その間に漂いつつ灯る螢火のあかるさをこの夜しみじみと体験した。

（「ほたるふぶきけり」『黒田杏子歳時記』）

第三句集『一木一草』に収められた次の二句は、このときの体験に基づいている。

清瀧

螢とぶたちまちくらき袖袂　『一木一草』

一の橋二の橋ほたるふぶきけり　同

殊に「一の橋」の句は「我ながら言い得たと手ごたえのある句」とたびたび語っている。

さらに平成三（一九九二）年、「螢ふぶき」を深めることになる体験を、四国・四万十川で得た。

四万十川　船辰

ゆつくりとほたるたちまちふぶきけり　『一木一草』

このときのことを記したエッセイも何編かある。一つ紹介しよう。

四万十川の夜は、船辰さんの数人乗りの小体な屋形舟にご主人の加用さんの棹さばきで漕ぎ出して頂いた。（略）「あっ、蛍」などと叫んでいるうちに、いつしか小舟はすっぽりと蛍火にとり囲まれていた。かたまっては崩れ、あふれては流れる大群の蛍ふぶき。無数の蛍火はことごとく川面に映る。灯りを消した小舟はさながら蛍火の宇宙を漂う方舟。

＊「蛍」の字体は引用元通り

（「蛍」『暮らしの歳時記』）

「宇宙」と思ったり、この世のことでなく感じたりするのは、即ち身を現世に置いてこその感慨である。「螢ふぶき」は杏子の「現世の螢」の頂点である。ある意味ではここに極まったともいえそうだ。句集『一木一草』は平成七（一九九五）年度第三十五回俳人協会賞を受けている。山を一つ登り詰める成果を挙げた句集といえよう。

だが、ここで留まる杏子ではなかったのである。

Ⅲ

螢火無盡蔵

十一句

ほうたるの水につらなりゆく昏き

『花下草上』

グレゴリア讃歌ほうたる来つつあり

『花下草上』

ほたる来るつめたき夜のトスカーナ

『花下草上』

兄病めば母病む螢籠ひとつ

『花下草上』

くわんおんの蹉《さ》跎《だ》のお山の雨螢

『花下草上』

雨林曼荼羅螢火無盡蔵

『花下草上』

雨後のほうたる明滅の乱れなし

『花下草上』

兄に逢ふ弟に逢ふほたるかな

『花下草上』

ほたる火や出奔の計老いたれば

『花下草上』

螢過ぐ逢ひたきひとのみんな過ぎ

『花下草上』

ほうたるの水に遺れる汝のかほ

『花下草上』

第三句集『一木一草』で一つの極みへ到達した杏子であったが、その延長線上を辿ることは杏子にとっては退歩に他ならず、次なる試行錯誤が始まった。もちろん一朝一夕に成し遂げられることではない。

螢に関しては、イタリアでの体験が最初のスプリングボードとなったのではなかろうか。第四句集『花下草上』に収められた次の句群を得たときのことである。

イタリア　アレッツオにて

グレゴリア讃歌ほうたる来つつあり　『花下草上』

ほたる来るつめたき夜のトスカーナ　同

ほたる火や石の館に木の扉　同

中庭に夏至のほたるのあふれきし　同

ほたる過ぐ東西南北ぶだうの木　同

平成七（一九九五）年六月、日伊俳句交流の旅ののち、ひとりでウンブリア州、トスカーナ州などを回った。堀文子画伯のアトリエに泊まり、トスカーナの夜を体験することとなった。日本とは異なり、石造りの館である。そして周りはいちめんの葡萄畑であった。

サマータイムの夜十時ごろから、ちかちかと光が動き出す。どこからやってくるのか、その数はゆっくりと、しかし確実にふえてくる。日本で見る螢火のようにすっと横に流れることは少なく、糸であやつられてでもいるように上下に移動するという印象である。中庭に降りてみると、芝生の草は堅く、露けきという感じもない。乾いているのだ。

（「トスカーナの螢火」『黒田杏子歳時記』）

「睡りの淵に落ちてゆくとき、イタリアの螢火にはグレゴリオ聖歌が似合うと納得していた」ともいう。

異国で向き合うこととなった、日本とはまったく異なる乾いた螢は、衝撃であったことだろう。このときの前例の無い、先入観を破壊する螢によって、螢への新たなまなざしが開かれたのかもしれない。

日本の伝統的な螢は『源氏物語』の几帳内に放つ螢であったり、和泉式部の魂の化身としての螢であろう。梅雨時でもあり、しっとりと湿った光である。ところが、日本でもそうではない螢に出逢ったのである。平成十二（二〇〇〇）年のことであった。

足摺岬　金剛福寺　三句

くわんおんの蹉跎《さだ》のお山の雨螢　『花下草上』

雨林曼荼羅螢火無盡蔵　同

雨後のほうたる明滅の乱れなし　同

この三句については『季語の記憶』の「滅」に詳しい。俳句結社「藍生」のシリーズ企画であった四国遍路吟行（季節ごとに年四回、四国の札所を訪ねて句会を開くというもの）の十回目、第三十八番蹉跎山金剛福寺（高知・足摺岬）での作である。蹉跎山は亜熱帯原生林である。晩餐会のころ、稲妻、雷鳴、大夕立襲来。雨が上がったあと月の道を寺へ向かうと、道の両側の雨林には、滴のようにちりばめられた螢の光が点滅していた。雅や柔でなく剛の螢を体験したのであった。

『花下草上』には螢が「ふぶく」句は一句も収められていない。その表現を封印したわけではなく、「藍生」誌には、

ほうたるの天地ふぶける櫂置けば　平成六年八月号
梅雨のほたるの源流にふぶきけり　平成九年八月号

と発表している。共に『花下草上』時代の句である。選句の段階で意図して外したのだろう。『花下草上』には『一木一草』とは異なる世界を展開させたい、という意志が螢の選句にも及んでいたのではなかろうか。

『花下草上』は杏子の句業において重要な位置にある。季語の螢が杏子の螢となって自在に飛ぶのはここからなのである。

Ⅳ 螢散華

二十五句

螢火の雨の金剛福寺かな

『花下草上』

漕ぎいづる螢散華のただ中に

『花下草上』

懐剣といふお形見も螢舟

『花下草上』

ほうたるにこゑをのこしてゆかれけり

『花下草上』

螢くる兄のかなしみ提げてくる

『花下草上』

螢火やおへんろといふ孤り者

『花下草上』

ほうたるのしづかにあふれ観世音

『花下草上』

かち渉るべく兄に蹤く螢川

『花下草上』

ひとりづつ発つ夕螢あふれしめ

『花下草上』

乗船者一《いち》人《にん》螢川はやし

『花下草上』

螢火の数珠のまばゆき行方かな

『花下草上』

明滅の螢の沢を屋敷内

『日光月光』

ともづなの解かるる螢舟海へ

『日光月光』

ほたるとぶちちははのかほ兄のかほ

『日光月光』

ほたる火の一語一語の勁さかな

『日光月光』

田の中の一軒灯る初螢

『日光月光』

ほたる火に雨戸をたてておばあさん

『日光月光』

卓袱台の老女に流れくる螢

『日光月光』

夕螢ひとり暮しのひとり膳

『日光月光』

なほわれを呼ぶ母のこゑほたる川

『日光月光』

くろばねのはせをの道のほたる沢

『日光月光』

ほたる待つ還らぬひとを待つやうに

『日光月光』

ほたる待つほとほと老いてゆく時間

『日光月光』

ほたる火や兄の遺せしインク壺

『日光月光』

母を診る兄明滅のほたる籠

『日光月光』

第四句集『花下草上』は制作年順に編まれている。中に「螢散華」と名づけられた章がある。平成十三（二〇〇一）年の章である。章名は、

漕ぎいづる螢散華のただ中に

からとられたものであろう。この句に嵐山光三郎氏が次のような鑑賞を寄せている。

散華は仏を供養するために花をまき散らすこと。転じて戦死を意味する。蛍は平氏に敗れて自死した源頼政の怨霊ともいわれる。季語の現場を巡って作句する杏子さんは、舟で四万十川を下ったとき、蛍火に囲まれた。空も山も水面も全景が蛍火のなかで蛍散華という言葉を見つけた。蛍吹雪ではなく、蛍散華という季語の発見。どしゃぶりの蛍のなかに立

ちつくす杏子さんの姿がりりしい。

＊「蛍」の字体は引用元通り

（「新々句歌歳時記」「週刊新潮」二〇一六年七月二十八日号）

かつて東京・椿山荘に、螢を見ながら食事をする催しがあった。仕事で参加した杏子は、放たれていた大型の光の強い螢が高知から空輸されていたことを知る。早速高知へ赴き、高知放送の人々と出逢い（のちに俳句結社「藍生」の会員となった）、四万十川の「加用造船」という屋形舟と川漁の舟を作る家を紹介されて、舟で螢を見る体験をする。「螢散華」の語を句帳に記したのは、高知の連衆と小体な料理舟で河口近くを周遊したとき。舟の灯を消すと、舟ごと螢に包みこまれ、杏子の弁によると「ふぶくという言葉だけでは済まなかった」のであった。いわゆる法会での散華は、僧侶が紙でできた花びら状の札を撒きながらゆっくり進んでゆく。舟が螢の乱舞を分けながらゆるゆる航けば、まさに撒くに近い現象が起きるだろう。

それにしても高知の螢だと知って実際に高知まで行く人がどれほどいるだろう。情報を得、出逢いを重ね、行動する。そういう杏子には、人が出逢いを求めてやって来もする。「螢散華」は土地の縁、人の縁が重なることによって、まさに「発見」された季語であった。

『花下草上』「螢散華」の章には螢の句が十句収められているが、その中の二句が、

懐剣といふお形見も螢舟

ほうたるにこゑをのこしてゆかれけり

である。かつて屋形舟に乗り合わせ「螢ふぶき」を共に体験した仲間の誰かが、このころ亡くなったのだろう。散華は供養を意味する。仲間を悼む心が呼んだ季語ともいえるだろう。平成十三年という年は、

みな過ぎて鈴の奥より花のこゑ

が詠まれた年である。「過ぐ」は「逝く」の意。「福島の人が死ぬといわずに過ぎるというのを聞いて、佳いことばだと思った」と杏子が語るのを聞いたが、例えば英語でもdieをpassと表現することがある。この世を通り過ぎてかの世へ渡る。グローバルに理解可能な表現であろう。

こうして一度は離れた〈もの思へば沢の螢もわが身よりあくがれ出づる魂かとぞ見る　和泉式部〉等にみられる「螢＝魂」の観念にも回帰してゆく。

では次に肉親と螢を取り合わせた句を読んでみよう。

兄病めば母病む螢籠ひとつ　『花下草上』

兄に逢ふ弟に逢ふほたるかな　同

螢くる兄のかなしみ提《さ》げてくる　同

かち渉るべく兄に蹤《つ》く螢川　同

ほたるとぶちちははのかほ兄のかほ　『日光月光』

なほわれを呼ぶ母のこゑほたる川　同

ほたる火や兄の遺せしインク壺　同

母を診《み》る兄明滅のほたる籠　同

父母や弟も登場するが、杏子にとって螢は兄である。杏子は五人兄弟姉妹のまん中。一人だけ姉兄妹弟が全部揃っている。兄の後を追い、野山を駆け回って過ごしたこともあっただろう。学生時代の下宿も一緒だったと聞く。兄は、大学卒業後は故郷へ帰り、父の医業を継いだ。安心して両親を託すこともできただろう。仲の良い、頼りになる兄であった。その兄は平成十七（二〇〇五）年七十歳で永眠。五句目の螢火に重ねたのは、すでにかの世へ渡った人の「かほ」である。
やがて自身のことも含め、螢に老いを重ねて詠むようになってゆく。

ほたる火や出奔の計老いたれば　『花下草上』
ほたる火に雨戸をたてておばあさん　『日光月光』
卓袱台の老女に流れくる螢　同
夕螢ひとり暮しのひとり膳　同
一燈の下嫗坐す螢の夜　同

ほたる待つほとほと老いてゆく時間　『日光月光』
ほたる呼ぶ間も老いてゆくたちまちに　『銀河山河』

ところで螢と老いといえば、

螢の夜老い放題に老いんとす　飯島晴子

を思い出す。杏子もこの句をとりあげて、

「老い放題に老いんとす」などというフレーズをこれまで誰が持ちこんだでしょうか。作者のこのひらき直りが「螢の夜」であるだけに、何とも艶で、そこにこの句の魅力があるのです。

（「青梅雨を聴き螢を待つ」『花天月地』）

と書いている。「老い」は決してマイナス要素ではないのだ。「ほとほと」や「たちまち」の語感も、読者が自分の感覚のみで読み取ろうとすると誤るかもしれない。「ほ、ほ、ほうたる来い」のメロディが明るく活発なものでないのと同じように、仄暗く内に籠もって響くが、時の流れに身をゆだねるような、どこか甘美な感覚を伴う。「待つ」「呼ぶ」はそうした感覚に適った行為とも思う。

前出のエッセイ「青梅雨を聴き螢を待つ」の掉尾には一般論としての男性、女性作家の特徴ではないと断りつつも、男性作家の作品はどこか醒めているが「女性の詠んだ螢の句にはより強く自己が投影されていて、自分自身の反映のその度合が強い」と書いている。杏子は自身の螢でもそれを具現したことになるのである。

V 螢自在

五句

螢火や八重山上布織り上り

『銀河山河』

ほたる火のしろばなほたるぶくろかな

『銀河山河』

ほたる呼ぶ間も老いてゆくたちまちに

『銀河山河』

竹林にいま還りゆく青螢

『銀河山河』

ふたたびのみたびのほたる散華かな

「句帳の螢」より

杏子は第三句集『一木一草』で俳人協会賞を、第四句集＝転換の句集『花下草上』を経て、第五句集『日光月光』で第四十五回蛇笏賞を受賞する（二〇一一年）。季語の螢も、青螢に始まり、螢ふぶき、螢散華と広がり、かつ深まっていった。深まる、深めるとは、杏子の場合、自身の魂を季語に吹き込むことである。

『花下草上』では螢を敢えてふぶかせなかったと私は記したが、句集の編集方針としてのことであって、すべてを経た今は、各時代を（それぞれの季語を）自在に往来している。

第Ⅰ章の解説に登場した「句帳の螢」は二〇二〇年の作。俳句結社誌「藍生」六月号に主宰詠二十句を発表するために作られた膨大な句群であるが、いくつかの項目に分かれていて、それぞれに自身の来し方を振り返る見出しが付いている。

①南那須村（父の生家）時代＝小学生時代
②喜連川町時代＝中学生時代
③母のこと
④清滝川
⑤くろばねの螢
⑥四国遍路吟行

①～⑥は便宜的に筆者が振った番号である。①②③については第Ⅰ章、④は第Ⅱ章、⑥は第Ⅲ章の解説に記しているので、ここでは⑤「くろばねの螢」について補足しておこう。

平成元（一九八九）年「おくのほそ道三百年」を記念し、栃木・大田原市（紀行中の芭蕉が長期滞在した黒羽の地）において「黒羽芭蕉の里全国俳句大会」が始まった。杏子は栃木ゆかりの俳人として、選者としても深く関わってきている。大会の開催は当初は十一月であったが、六月の開催となったおかげで毎年黒羽の螢を見る機会に恵まれるようになった。

おくのほそ道くろばねのほたる沢　「句帳の螢」より

疎開して得たふるさと黒羽で毎年逢う螢によって、杏子は「季語の記憶」を更新し続けているのである。

句帳の螢の大群を引き連れてまとめられた「藍生」誌の主宰詠二十句についても触れておこう。

ほうたるこい
訃報ひとつほうたるを待つ縁側に
悼句練るゆつくりと練る螢の夜

ほたる火をひとつこころに悼句練る
なきがらのほたる夏落葉いち枚
こときれし螢を知らぬ蟻の列
ほたる火に逢つて七十五年なる
切手蒐めて年とつて螢呼ぶ
その日まで生きよと螢なだれけり
ねむり薬二分の一錠青螢
ほたる見にゆく夢の坂杖いつぽん
那珂川と箒川わが螢川
なみなみと新茶汲み分けほたる待つ
勁きひかりを那須野ヶ原の螢
ほたるくる青田風くるいとこ会

あけがたの夢の岸辺の草螢
螢川記憶の岸を遡り
お遍路に四万十川の螢籠
ほたるふぶきほたる散華果報者

四国第三十八番
補陀落院金剛福寺初螢

『岡田隆彦詩集成』が届き、しばしおしゃべり
麻乃さんと史乃ちゃんのことほうたる来い

（「藍生」二〇二〇年六月号主宰詠）

二〇二〇年の杏子が悼句を練るところから詠み起こされる。八句目で現《うつ》し世の螢がなだれ、九句目で「ねむり薬」が効いて青螢が明滅し始める。この

ときすでに杏子の心は那須野へ向かっている。十句目からは夢の世に遊ぶ。「あけがた」には眠りがやや浅くなったが、再びの夢で四万十川へ。さまざまな出逢いを得た果報に感謝する。最終句は亡き詩人・岡田隆彦を父とし、結社「篠《すず》」前主宰の故・岡田史乃を母とする、現主宰の「麻乃さん」という相関図を念頭に読もう。かの世の二人のことをこの世の二人（杏子と麻乃さん）が語り合っているのである。「ほうたる来い」は魂を呼ぶに近い意味を持っているだろう。

螢火を明滅させながら、杏子は時を自在に往来するようになった。続く第Ⅵ章には、螢で人生を詠んだ一編を掲載することとしよう。

Ⅵ　ほたる火の記憶

五十句

昭和二十年　疎開した栃木県南那須村の螢

小学一年生　十句

南那須村上川井ほたる火

馬小屋のまぐさにほたる馬二頭

馬小屋の螢を見つめ一年生

ほうたるにはじめて逢つた疎開の子
深井戸のつるべに光り合ふほたる

大谷《おおや》石蔵《いしぐら》錠前にもほたる火
むぎわらで蛇腹に編めば螢籠

朝刈りの青草の束にもほたる

螢とぶ父の生家の屋敷神

屋敷川すなはち螢川まばゆし

昭和二十六年
栃木県喜連川町東町　噴井の町
新築の順和堂齊藤医院にて

中学一年生　二十句

青田より定刻にくる青ぼたる

みんな居てみんな螢を待つて居た
箸を置き電燈を消すほたるの夜

青田よりつぎつぎやつてくる螢

団欒の一家なりけり螢来る

しあはせの一家の母に舞ふ螢

ひとつ巨きな螢がことに母の辺に

ほたる火を眼で追ふ母のいきいきと

ほたる火の縦横無尽なる茶の間

夕餉の間ほたる乱舞のひとしきり
卓袱台を囲める家族ほたる舞ふ

揚げ立ての茄子と紫蘇の葉ほたるとぶ

父と母兄弟姉妹ほたるの夜

団欒の疎開家族に舞ふ螢

青螢茶の間狭しと乱舞して

箸置きをかすめて舞ひ上がるほたる

父若く母また若しほたるの間

すこやかに七人家族ほたるの夜

みんな居た睦まじく居たほたるの夜

「いい晩だ」父のひと声ほたる舞ふ

清滝川と嵯峨野僧伽寂庵

いつの夜も寂聴さんと　二十句
――四十三歳以降

平野屋のかまど火ほたる舞ひはじむ

出離者のほうたるを呼ぶ橋の上

一の橋二の橋昏くほたる待つ

みんなきて清滝川にほたる呼ぶ

尼さまのほうたるを呼ぶこゑ若し

二の橋の尼僧になだれゆくほたる

無頼晴美無頼寂聴螢火

さざ波のごと寄せて散る夜の螢
ほたるほたる寂聴さんをつゝみゆく

羅《ら》の緇《し》衣《え》の袂にをどり込むほたる

清滝のほたる嵯《サ》峨《ガ》野《ノ》僧《サン》伽《ガ》のほたる

ほたる火や苔を召されし微笑佛

子を捨てし寂聴さんに螢籠

ほたる見てきて寂庵に泊りけり

嵯峨野僧伽をひとめぐりしてほたる

ほたるとぶブルーブラックの嵯峨野

寂聴さんの

徹宵のペン疾走す籠螢

ぽつねんと嵯峨野僧伽の暁螢
書き継いで朝日ほうたる光らずに

ほたる死す徹宵のペン置きたれば

再録
「俳句」二〇二二年六月号（角川文化振興財団）
特別作品五十句「ほたる火の記憶」

いつしか螢火を明滅させながら、時を自在に往来するようになった杏子であるが、意識してそれを行ったのは、「藍生」誌二〇二〇年六月号の主宰詠が最初である。それまでにも断片的に試みてきているが、二十句を螢で揃えるために精力的な詠み込みを行ったのである。本書に「句帳の螢」と記している句群は、その所産である。

一点付け加えると、当時筆者は「藍生」誌に「黒田杏子作品分類」を連載していた（二〇一九年一月号～二〇二一年十二月号）が、二〇一九年六月号では、「先生の螢」と題して杏子の既刊句集に収められた螢の句の分類分析を試みている。その際にＦＡＸで受信した「回想の螢の句――小学生から中学生時代」という二十句がある（二〇一九年四月二十五日付／詳細は拙著『黒田杏子の俳句』参照）。「回想」であってまだ「往来」には到っていないが、端緒はここにあるといってもよいかもしれない。

第Ⅵ章に収めたのは、角川「俳句」二〇二二年六月号に発表された巻頭の「特別作品五十句」である。「句帳の螢」の完成形とみなしてよいだろう。

杏子は生涯の最後に精巧な「タイムマシン」を手に入れたのである。筆者のかつての連載がその改良の糧になっていたのだとしたら、これほど嬉しいことは無い。

《参考文献》

◇黒田杏子の句集一覧

『木の椅子』一九八一（昭和五十六）年刊　牧羊社
『水の扉』一九八三（昭和五十八）年刊　牧羊社
『一木一草』一九九五（平成七）年刊　花神社
『花下草上』二〇〇五（平成十七）年刊　角川書店
『黒田杏子　句集成』二〇〇七（平成十九）年　角川書店
『日光月光』二〇一〇（平成二十二）年刊　角川学芸出版
『銀河山河』二〇一三（平成二十五）年刊　角川学芸出版
※最終句集『八月』（角川学芸出版刊）が二〇二三（令和五）年八月に刊行を予定されている。

◇黒田杏子の主なエッセイ集

『黒田杏子歳時記』一九九七（平成九）年刊　立風書房
『花天月地』二〇〇一（平成十三）年刊　立風書房
『布の歳時記』二〇〇三（平成十五）年刊　白水社
『季語の記憶』二〇〇三（平成十五）年刊　白水社
『俳句列島日本すみずみ吟遊』二〇〇五（平成十七）年刊　飯塚書店
『暮らしの歳時記』二〇一一（平成二十三）年刊　岩波書店
『手紙歳時記』二〇一二（平成二十四）年刊　白水社

あとがき

三月十三日、師匠の黒田杏子が急逝した。山梨・笛吹市開催の「飯田龍太を語る会」にて「山廬三代の恵み」を熱く語った翌々日のことであった。まさに現役大往生である。加えて命終を迎えたのが、かつて龍太を看取った病院であったというから、この上ないご最期であったと申し上げるべきだろう。

この「黒田杏子俳句コレクション」はシリーズ企画として、コールサック社から提案され、生前の師の了解を得ていたものである。膨大な句群からテーマ別に百句を抽き、解説を付す、という杏子作品のエッセンスを味わうことを目的としている。当初は「螢」「月」「櫻」の全三巻同時刊行の案件であったが、師本人から「雛」を加える指示が出され、更に髙田から季節を合わせて一巻ずつ刊行し、師のその後の新作次第で五巻目の可能性を探ることを提案していたのであった。

だが、師は第一巻「螢」の初校ゲラすらご覧にならず逝ってしまわれた。もう新たな指令はどこからも降ってこない。淋しい。

かつての師の声に耳を澄ませるようにして、一巻ずつ丁寧に、かつスピーディに送り出していきたいと思う。

まずは黒田杏子の「螢」の世界を、どうぞご堪能ください。

二〇二三年四月　花祭の日

高田　正子

略歴

黒田杏子（くろだ　ももこ）

俳人、エッセイスト。

一九三八年、東京生まれ。

一九四四年、栃木県に疎開。宇都宮女子高校を経て、東京女子大学心理学科卒業。

山口青邨に師事。

卒業と同時に広告会社博報堂に入社。「広告」編集長などを務め、六十歳定年まで在職。

一九八二年、第一句集『木の椅子』にて現代俳句女流賞および俳人協会新人賞受賞。

青邨没後の一九九〇年、「藍生」創刊主宰。

一九九五年、第三句集『一木一草』にて俳人協会賞受賞。

二〇〇九年、第一回桂信子賞受賞。

二〇一一年、第五句集『日光月光』にて蛇笏賞受賞。

二〇二〇年、第二十回現代俳句大賞受賞。

「件」創刊同人、「兜太　TOTA」編集主幹。

日経俳壇選者、星野立子賞選者、東京新聞（平和の俳句）選者、伊藤園お～いお茶新俳句大賞選者ほか、日本各地の俳句大会でも選者を務めた。

栃木県大田原市名誉市民。

『黒田杏子歳時記』、『第一句集 木の椅子　増補新装版』、『証言・昭和の俳句　増補新装版』編・著、『季語の記憶』ほか著書多数。

一般財団法人ドナルド・キーン記念財団理事。俳人協会名誉会員。

一般社団法人日本ペンクラブ、公益社団法人日本文藝家協会、脱原発社会をめざす文学者の会各会員。

二〇二三年三月十三日永眠。

編著者略歴

髙田正子（たかだ　まさこ）

一九五九年　岐阜県岐阜市生まれ。
一九九〇年　「藍生」（黒田杏子主宰）創刊と同時に入会。
一九九四年　第一句集『玩具』（牧羊社）。
一九九七年　藍生賞。
二〇〇五年　第二句集『花実』（ふらんす堂／第二十九回俳人協会新人賞）。
二〇一〇年　『子どもの一句』（ふらんす堂）。
二〇一四年　第三句集『青麗』（角川学芸出版／第三回星野立子賞）。
二〇一八年　『自註現代俳句シリーズ　髙田正子集』（俳人協会）。
二〇二二年　『黒田杏子の俳句』（深夜叢書社）。
二〇二三年　『日々季語日和』（コールサック社）。

公益社団法人俳人協会評議員。ＮＰＯ法人季語と歳時記の会理事。公益社団法人日本文藝家協会会員。中日新聞俳壇選者、田中裕明賞選者、俳句甲子園審査員長ほか。

石炭袋

黒田杏子俳句コレクション1　螢

2023年6月18日初版発行
著　者　黒田杏子
（著作権継承者　黒田勝雄）
編著者　高田正子
編　集　鈴木比佐雄・鈴木光影
発行者　鈴木比佐雄
発行所　株式会社 コールサック社
〒173-0004　東京都板橋区板橋2-63-4-209
電話 03-5944-3258　FAX 03-5944-3238
suzuki@coal-sack.com　http://www.coal-sack.com
郵便振替　00180-4-741802
印刷管理　（株）コールサック社　制作部

装幀　松本菜央

落丁本・乱丁本はお取り替えいたします。
ISBN978-4-86435-571-1　C0392　￥1800E